Kumata est arrêté

Une histoire de Shigeo Watanabe
illustrée par Yasuo Otomo

renard poche
de l'école des loisirs
11, rue de Sèvres, Paris 6ᵉ

Kumata joue dans le jardin.
Soudain Maman Ours sort de la maison, affolée.
Il faut dire que Maman Ours s'affole toujours.
«Il n'y a plus ni sucre, ni beurre! Je sors en acheter.
Attends-moi ici.»
«Mmm...» répond Kumata.

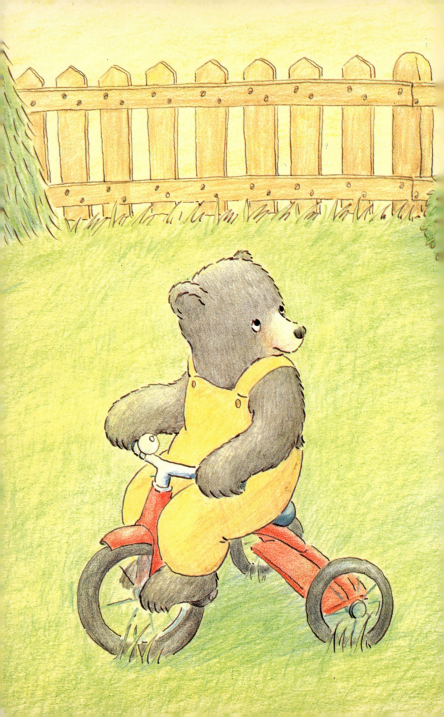

Sur son tricycle, Kumata fait un premier tour de jardin.
Maman ne devrait pas tarder à revenir.
Deuxième tour de jardin : Maman Ours est bien longue !
Kumata fait un troisième tour de jardin, mais
Maman Ours ne rentre toujours pas.
« Je vais aller à sa rencontre ! »

« Oh ! hisse ! » Des deux mains,
Kumata soulève son tricycle et descend
l'escalier de pierre qui donne sur la rue.
Kumata va souvent faire les courses
au supermarché, mais toujours avec sa mère.
Il n'y a jamais été seul.
A tricycle non plus, il n'y a jamais été.
Il faut un commencement à tout.
Kumata part à tricycle vers le supermarché,
à la rencontre de Maman Ours.

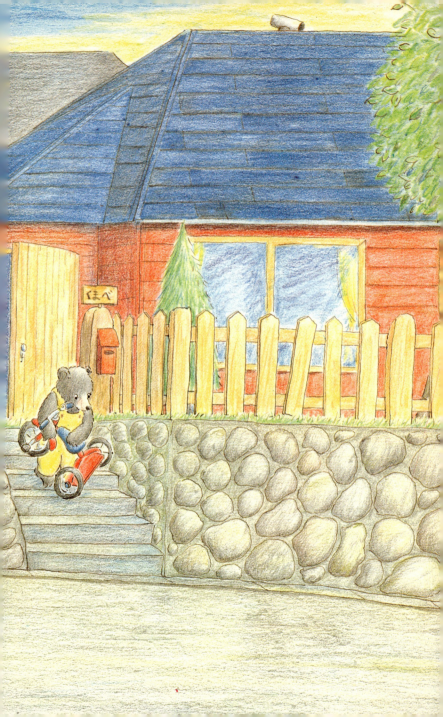

«Dring! Dring!» Kumata fait tinter sa sonnette
en descendant la rue.
Il croise la fourgonnette du blanchisseur.

Le blanchisseur klaxonne: «Tut! Tut!»
«Dring! Dring!» répond Kumata, en lui faisant un signe de la main.

Pour traverser devant la pharmacie,
Kumata emprunte le passage clouté.
«Miouiouiou...» Un taxi freine et s'arrête
de justesse dans un crissement de pneus.
«Dring! Dring!» répond Kumata
en lui faisant un signe de la main.
La pharmacienne sort de sa boutique en criant:
«Attention, voyons!»

Kumata roule au bord de la grande avenue.
De toute la force de ses petites jambes, il pédale
pour faire avancer son tricycle.

Un bruit strident de sonnette retentit.
Une dame à vélo le dépasse.
«Dring! Dring!» Kumata aussi fait tinter sa sonnette.

Un camion de chargement
roule avec un bruit sourd.
Le chauffeur klaxonne,
réduit sa vitesse et crie d'une voix forte :
« Attention, petit, c'est dangereux ! »
« Dring ! Dring ! » répond Kumata
en lui faisant un signe de la main.

Une bétonnière roule pesamment,
le chauffeur klaxonne plusieurs fois,
ralentit et crie d'une voix forte:
«Attention, petit, c'est dangereux!»
«Dring! Dring!» répond Kumata
en lui faisant un signe de la main.

Un énorme camion-citerne approche
en faisant trembler le sol.
«Dring! Dring!» Kumata fait tinter sa sonnette.
Mais le chauffeur l'ignore.

Le camion-citerne dépasse Kumata
dans un grondement auquel s'ajoute
le bruit inquiétant d'une chaîne
qui traîne sur la chaussée.
Effrayé, Kumata s'arrête.
Le supermarché est encore loin.

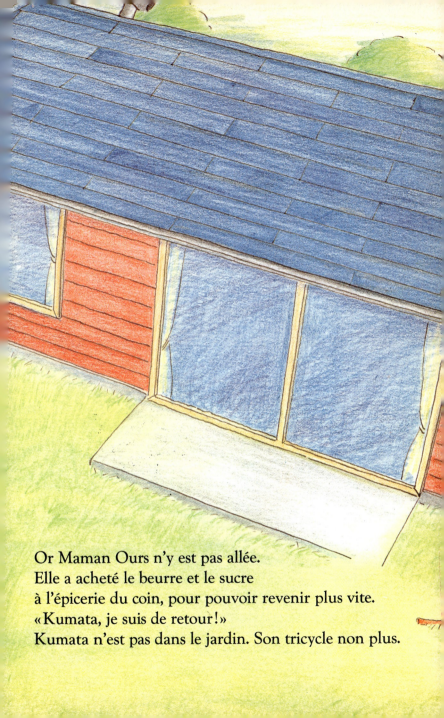

Or Maman Ours n'y est pas allée.
Elle a acheté le beurre et le sucre
à l'épicerie du coin, pour pouvoir revenir plus vite.
« Kumata, je suis de retour ! »
Kumata n'est pas dans le jardin. Son tricycle non plus.

«Kumata! Kumata!»
Maman Ours jette un coup d'œil dans le débarras.

«Kumata! Kumata!»
Maman Ours cherche dans toute la maison.
D'abord dans la chambre de Kumata, puis dans la chambre de Papa et Maman Ours.
Elle cherche aussi dans la salle à manger, dans la cuisine et dans la salle de bains.
Nulle trace de Kumata.
«Kumata! Kumata!»
Pas de réponse.

Maman Ours va voir chez madame Porc.
Kumata n'y est pas.
Maman Ours va voir chez madame Lapin.
Kumata n'y est pas.
Maman Ours va voir chez madame Raton Laveur.
Kumata n'y est pas.

«Kumata! Kumata!»
«Kumaaaata! Kumaaaata!»
«Kuuumata! Kuuumata!»
Tout le monde part à la recherche de Kumata.
On le cherche dans les rues avoisinantes, au parc,
partout, mais on a beau chercher, on ne trouve pas
Kumata.

« Où est-ce qu'il a bien pu aller ? »
se demande Maman Ours dont le cœur bat très fort.
« Vraiment, où a-t-il pu aller ? »
Tout le monde est très inquiet.

« Pim Pon ! Pim ! Pon ! » Une sirène !
C'est la voiture de police, qui roule lentement et arrive devant l'entrée du parc.
Elle s'arrête à la hauteur de Maman Ours.

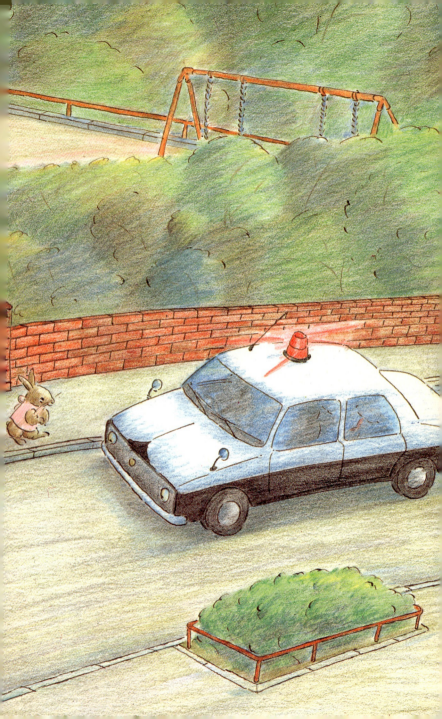

Un policier descend et ouvre la portière arrière.
Kumata apparaît.
Un autre policier sort le tricycle de la voiture.
«Ce gamin circulait sur son tricycle dans l'avenue
du supermarché. C'est dangereux, vous devriez
le surveiller», dit le premier policier après avoir salué.

«Je suis désolée. Merci de l'avoir ramené.
Dorénavant, je ferai très attention», dit Maman Ours.
Se tournant vers Kumata, le policier reprend :
«Tu sais, petit, il ne faut pas rouler
dans la grande avenue sur ton tricycle.
C'est trop risqué.»
«Oui», répond Kumata.

La voiture de police repart en faisant tournoyer sa lumière rouge.
Kumata lui fait un joyeux signe de la main, puis déclare: «C'est chouette, je suis monté dans la voiture de police!»

Traduction de Nicole Coulom

© 1988, l'école des loisirs, Paris, pour l'édition en langue française
© 1979, Shigeo Watanabe pour le texte original
© 1979, Yasuo Otomo pour les illustrations
Titre original: «ぼくパトカーにのったんだ» (Akane Shobo, Tokyo)
Agent littéraire: Japan Foreign Rights Centre
Loi n° 49.956 du 16 juillet 1949 sur les publications destinées à la jeunesse: mars 1988
Dépôt légal: mars 1989
Imprimé en France par Berger-Levrault à Nancy